閱讀123

國家圖書館出版品預行編目資料

我家的美味時間／童嘉 文.圖 .
-- 第一版. -- 臺北市 : 親子天下股份有限公司,
2022.03
104面 ; 14.8×21公分.
ISBN 978-626-305-173-7（平裝）
863.596　　111001229

閱讀123系列 ——— 090

我家的美味時間

作繪者｜童嘉
審定｜童逸修

責任編輯｜陳毓書、謝宗穎
美術設計｜林晴子
行銷企劃｜林思妤

天下雜誌群創辦人｜殷允芃
董事長兼執行長｜何琦瑜
媒體暨產品事業群
總經理｜游玉雪
副總經理｜林彥傑
總編輯｜林欣靜
行銷總監｜林育菁
副總監｜蔡忠琦
版權主任｜何晨瑋、黃微真

出版者｜親子天下股份有限公司
地址｜台北市 104 建國北路一段 96 號 4 樓
電話｜（02）2509-2800　傳真｜（02）2509-2462
網址｜ www.parenting.com.tw
讀者服務專線｜（02）2662-0332　週一～週五：09:00~17:30
讀者服務傳真｜（02）2662-6048　客服信箱｜ parenting@cw.com.tw
法律顧問｜台英國際商務法律事務所・羅明通律師
製版印刷｜中原造像股份有限公司
總經銷｜大和圖書有限公司　電話：（02）8990-2588

出版日期｜ 2022 年 3 月第一版第一次印行
2024 年 8 月第一版第六次印行
定價｜ 260 元
書號｜ BKKCD152P
ISBN ｜ 978-626-305-173-7（平裝）

我家的美味時間

文·圖 童嘉

目錄

1 經濟拮据的年代
院子有如百寶箱

兩歲那一年，我和爸爸、媽媽、大哥、二哥搬進了一間有庭院的古老平房，這是爸爸向工作的大學申請到的教職員宿舍，剛搬進來時，院子裡盡是枯木和比人還高的雜草。

經過許久的費心整理，才漸漸安定下來，

開始在院子裡種一些樹木花草，

當然也有不少瓜果蔬菜增添其中。

幾年後，院子裡種植的水果越來越多，有芭樂、百香果、葡萄、櫻桃等，還有後來新種的木瓜，看起來很多，但除了芭樂和木瓜外，大都好看卻酸得半死，而且芭樂季節一到，芭樂全部一起成熟，來不及吃的果子就會變黃變軟，這時候我們就打芭樂汁冰起來。

芭樂去蒂切塊，加水和一點砂糖放進果汁機，一下子就成了美味芭樂汁，但最麻煩的是過濾芭樂籽，這部分一向都是我和二哥的工作，一個人負責拿濾網，一個人倒果汁。

拿濾網的人還要負責拿湯匙稍稍撥開芭樂籽，以免堵塞濾網；有時候倒的人太心急，還會導致果汁滿出來的慘劇，然後一邊哇哇叫互相指責，一邊被媽媽罵。

照顧快成熟的木瓜則是另一件苦差事，綠綠的木瓜完全不用管，可是快要能吃的時候，就突然變成鳥來啄、松鼠來偷吃、蝸牛慢慢爬上來、螞蟻也來分一口，大家圍攻的場面，常常一覺醒來，好不容易變黃的木瓜只剩半顆。

把牛奶倒進切半的木瓜，用湯匙一邊挖果肉，一邊配牛奶吃，是我們家的獨門吃法。

偶爾產量較多時，我們會製作木瓜牛奶，只是木瓜牛奶如果沒有馬上喝的話，放著就會凝固，我們會刻意把多的木瓜牛奶裝在小碗或小盒子，放進冰箱，等它凝固了當作果凍來吃，還會小小心機的動手腳標示哪個是自己的；或是趁別人不注意的時候偷挖一口來吃，等主人發現被偷吃的時候，往往哇哇大叫。

2 炎炎夏天自製冰涼飲料

以前的小孩，不可能有多餘的錢去買飲料，日常除了喝水，還是喝水，頂多就是冰的白開水。

但是夏天的時候，總是希望能有冰涼的飲品一解暑熱，此時最常出現的是檸檬水。作法很簡單，就是檸檬汁加（豐年）果糖和水，攪拌均勻放進冰箱，印象中幫我們做檸檬水的都是爸爸。

爸爸秉持一貫嚴謹的處事態度，即使是這麼簡單的飲品，也是一再實驗、記錄，調整出最佳比例。

不像別人家使用玻璃瓶或是杯子，爸爸每次拿出來的都是燒杯、量筒等專業用具，看起來還真的像是要進行一種什麼實驗似的，因為製作認真，喝過我家檸檬汁的都讚不絕口，

有時會覺得應該拿去巷子口賣才對。

至於負責擠檸檬的人則不一定，通常都是比較有力氣的哥哥們，但偶爾也會讓我試試，不過大部分的時候，我都壓不了幾顆檸檬就手痠沒力了。

另一方面，我們家擠檸檬的工具也是一直不斷升級，越來越專業，除了最古早、最簡單的那種，還有幾款非常好用的工具。我們都會特別注意用完要洗乾淨、擦乾、收好，以免鏽蝕，對於工具的仔細照顧和愛惜，是爸爸一向對我們的嚴謹要求，也是童家的重要家規之一。

遇到特別的節日或是要慶祝，爸爸還會教我們用檸檬水、七喜汽水和水果喬裝成雞尾酒，再用勺子裝在玻璃杯裡喝，一副很像一回事的樣子。

在那個什麼都匱乏，經濟拮据似乎與高級餐飲無緣的年代，多虧父母用心，讓我們能以有限的花費，喝到宴會級飲品，小孩子的興奮快樂真是無法形容。

3 自製青草茶與紫蘇茶

除了爸爸的黃金比例檸檬水，另一種我們會在夏天喝的冷飲是青草茶，用的是車前草和葉下珠兩種草晒乾

之後熬煮，再過濾，冰涼了飲用真是夏日聖品。

只是製作過程有點麻煩，院子裡的草被摘完的時候，我還會陪媽媽去野外尋找，回來也要幫忙清洗和晒乾。

這兩種草都不難辨認，只是有時候很容易找到某個地方一大片都是車前草，卻沒看到葉下珠，或是相反，只有葉下珠，沒有車前草。有時得走很遠的路才找得到。

雖然有時也會看到路中央的安全島上長了好多，但媽媽說空氣不好的地方不要，只得放棄，當然會有行人踐踏的地方也不行，總之就是越郊外、越人跡罕至的地方，越乾淨越好吧。

跟媽媽一起摘草、清洗、晒乾、熬煮、過濾做青草茶，也是小時候非常特別的經驗。

長大一點以後，我們家院子裡還種了紫蘇，紫蘇真是非常好用的植物，嫩葉可以摘來吃，或是炒蛋，或是在醃漬蔬果時添加，紫蘇葉也是爸媽做紫蘇梅和梅子酒的必備材

料，剩下的莖就晒乾，剪成小段放在罐子裡，拿來煮茶非常好喝，據老人家說是對呼吸系統很好，所以有時親戚朋友還會特別來拜託索取。

4 走在時代前面「童爸咖啡」第一名

小時候家裡常喝的最特殊飲品應該是咖啡。

時至今日，咖啡當然是再普遍不過，但在四、五十年前，臺灣喝咖啡的人非常少，我們之所以很早就有咖啡可以喝，全拜事事講究的爸爸所賜。爸爸曾在國外研究考察行程中，喝過美味的咖啡，因而念念不忘。最一開始，當然只有（雀巢）即溶咖啡可以喝，但即便如此，爸爸還是很仔細的研究了如何能泡出最好喝的咖啡，不管水溫、濃度、砂糖、奶精都一再嘗試改良。

後來，爸爸買到一套虹吸式咖啡的工具，也找到一處可以買咖啡豆的地方。從此以後，每天晚飯後，便是我們家的咖啡時間，全家人圍坐在收拾乾淨的餐桌旁，看爸爸從磨豆開始，到裝水、點燃酒精燈，然後看著水慢慢煮滾，吸往上方放置咖啡粉末的地方，滿屋香氣四溢，燈蕊光影搖曳，咖啡有如魔術一般充滿了上方的玻璃容器，只見爸爸優雅的用湯匙輕輕攪拌，然後移開下方的酒精燈，靜待咖啡全部流到下方的容器，呈現出美麗的琥珀色澤。

長久以來，爸爸用過手搖、電動等各種不同的磨豆或沖泡器具，甚至嘗試種咖啡樹，自己採收、自己烘焙。不管哪一種方法，爸爸都會研究出優缺點，找到最佳風味。

記得第一次喝咖啡是在小學三年級的時候，當時因為年紀小，爸爸給我半杯，其他人一人一杯，比較特別的是，我們家從來喝的都是偏濃郁的咖啡，所以也都是用很小的杯子喝。那小小的一杯熱熱的咖啡真是太好喝了，我總是很捨不得的小心翼翼品嘗。

晚餐後的一杯咖啡正是一天最美好的收尾，尤其一邊等待，一邊全家一起聊天，一天的辛勞與憂愁都暫時放下，每晚的咖啡時間是我們難忘的回憶。

小提醒：醫生建議 12 歲以上

再喝咖啡比較好唷！

5 院子裡能吃的葉子都是食物

在我認識的人裡面，具有藝術家性格的媽媽，大概是最不喜歡出門的人了。

當我還太小不能幫忙跑腿時，像買菜這種一定得出門的事，媽媽的做法就是一次買很多，常常讓賣菜的老闆誤以為我們家有十個小孩。把食物盡可能的塞滿冰箱，能吃多久就吃多久，等存糧全部都吃完了，媽媽就開始拔院子裡的野菜來吃，直到院子裡能吃的葉子也都拔光了，媽媽才會再出去買菜。

我家院子裡，除了水果之外，還種過一些南瓜、絲瓜、金針花、玉蜀黍之類的季節性作物，不過最特別的是一種葉片很大片、毛茸茸不知名的「草」，我們稱之為「靈芝草」，和後院籬笆旁一叢很茂盛的枸杞。

如果你以為我們吃的是枸杞紅紅的果實，那就誤會了，我們哪等得及它結果，通常都是摘葉子，甚至剪嫩枝來煮，有時加菜就燉排骨或煮雞湯。枸杞的枝葉有一種特殊的香氣，媽媽會

先將枝葉厚厚的鋪一層在湯鍋底，上面再放其他東西，然後加水煮成一大鍋，變成香氣四溢、湯汁鮮美的養生鍋。

說起來，吃這些草葉樹枝的我，竟也長得相當健康可愛。

6 爸爸拿手料理 炸蔬菜餅

那「靈芝草」大大的葉片，看起來有點像白蘿蔔葉，但要更大更厚些，葉片上有小小刺刺的茸毛，吃起來的味道介於A菜、菠菜和野草之間。

聽外公說，那是一種當時在日本很流行的養生野菜，可以清炒來吃，也可以煮湯，或是炒蛋，味道還不錯，但是我想跟靈芝應該是扯不上關係吧。

　　爸爸曾經用「靈芝草」的葉子，料理成一種可口的蔬菜餅，這是平日忙碌且從來不用下廚的爸爸難得表演的絕技，我們大約一年也只能盼到一次。

從院子摘下靈芝草葉之後，首先就是非常仔細的清洗，洗好後擦乾。

然後將草葉剁碎，光這個步驟就馬虎不得，做事極其嚴謹的爸爸，一定會花很多時間，將葉子切到每一小片都一樣大為止。

切好後放在大盆子裡，混合麵粉、雞蛋和鹽等調味料，加水攪拌均勻，調成麵糊，然後每次取大約一湯匙的量，捏成球狀，入油鍋炸成金黃色的蔬菜餅。

這火候的控制也不容易，既要酥脆熟透，又不能太焦，爸爸全神貫注，我們小孩則睜著大眼睛在一旁等候，一起鍋就趁熱享用，滋味香噴噴。

類似這樣製作麻煩的蔬菜餅，還有高麗菜餅和紫蘇葉餅，都非常好吃。

7 撿雞蛋 煎荷包蛋

剛搬進來的頭幾年，曾經養過一隻母雞，會在每天早上下一顆蛋，每次一生蛋就會滿院子的邊走邊叫，咕咕、咕咕咕、咕咕、咕咕咕……好像要昭告天下。

但是每天就是只生一顆，不管我們加她伙食，還是給她額外好料，或是對她好言相勸都一樣，一顆也不會多生。

也曾經有人送了其他的雞讓我們養在院子裡，照顧雞、餵雞吃東西當然是我們小朋友的工作，因為很有趣，我們都搶著做，不會抱怨，只是不知為何一邊

撒下飼料、米粒或玉米時，總是要學著雞叫，一邊說：「咕咕咕、咕咕咕，來吃喔來吃喔。」

過年或拜拜時，這些雞就會被宰來吃，只有那隻長得相當漂亮，每天會下一顆蛋的母雞能逃過一劫。

我們在院子的角落幫母雞搭了一個房子，裡面鋪上稻草，平時都任牠在院子裡散步，早上牠在房子裡下了蛋，就會出來大肆宣揚叫個不停，我們就趕緊伸手進去把蛋撿走，累積幾天就可以炒一盤來吃，或是下午嘴饞的時候，煎個荷包蛋當點心。因為一天只有一顆，所以大家得輪流。

煎荷包蛋大約是我們家每個小孩最早學會的煮食技能了。

記得小學時，有一次祖母來家裡住，我在下午時煎了一顆荷包蛋給她吃，

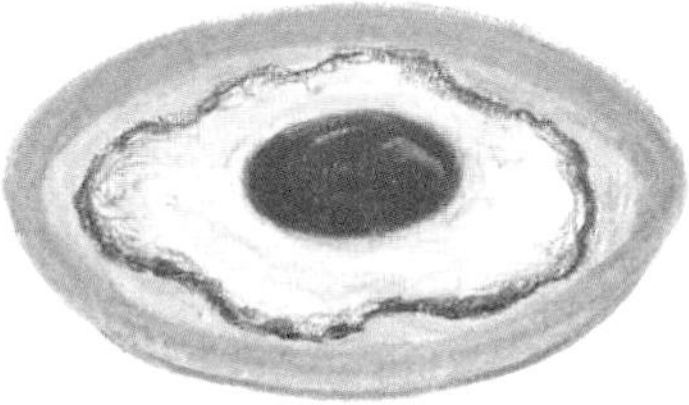

因為煎得很漂亮，蛋黃八分熟沒有破，蛋白也沒有焦掉，被大大的誇獎了一番，還從此被祖母冠上妹仔最孝順的美譽。

8 摘櫻桃 做果醬

後院籬笆旁不知哪一年種了一棵櫻桃樹，終於結出櫻桃的時候，我們都好興奮，殷切的等著小小美麗的櫻桃長大，那些只有在童話故事裡才有的對櫻桃的形容，生日蛋糕上染了色的怪味道櫻桃，還有電影裡演的如何美味的櫻桃，都成為我們小小腦袋瓜裡對櫻桃的想像。

小小的櫻桃慢慢長大，變成非常美麗的形狀，帶著一點點黃色的橘紅，漸漸轉為深紅，煞是好看。整棵樹叢也沒長幾顆，好不容易等到

成熟了，我們一人分到兩三顆，非常珍貴捨不得吃，但或許是氣候不適合，或是品種不對勁，一入口才發現簡直酸到不行，瞬間所有美好想像破滅，讓人好生懊惱。

我們不死心的努力施肥照顧，櫻桃雖然越結越多，但始終都是不好吃的酸櫻桃。

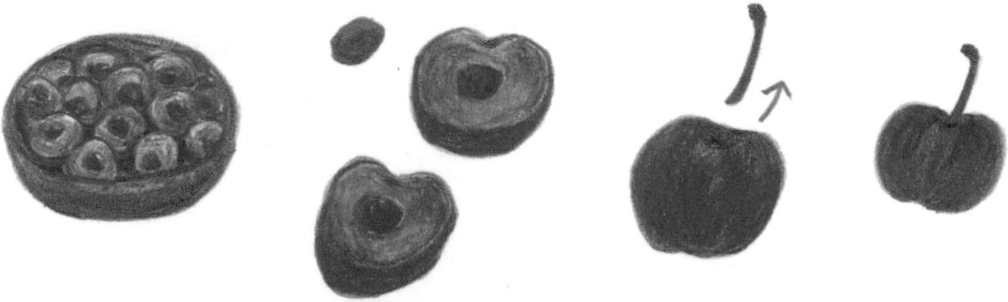

後來爸爸決定用這些櫻桃來做果醬，我們小朋友負責採收、清洗、擦乾，再由大人切片和去籽，收集一盆之後，爸爸又拿出非常專業的燒杯、缽等實驗室器材及容器，甚至還有長長的溫度計，和各種看起來很厲害的用

具，然後在爐子上將切好的櫻桃加入砂糖慢慢熬煮，直到成為香甜濃稠的櫻桃果醬，挽救了櫻桃被大家嫌棄的命運。

9 炒花生 炒麵茶 充當小點心

古早的年代，小孩通常無法買零食，為了讓嘴饞的小孩有小東西當點心，大人們總是要費盡心思，用少少的成本，變化出各種花樣。

印象中，媽媽偶爾會炒麵茶，就是麵粉先篩過，在大炒鍋裡不斷翻炒，炒到麵粉散發出香味，變成淺茶色（類似花生粉的顏色），也可以加上少許豬油和砂糖，拌炒到全部均勻，最重要的是要小心不能焦掉。

麵茶放涼後收在罐子，想吃的時候舀兩匙在碗裡，先用一點點冷開水調開至濃稠沒有結塊，然後再倒下滾熱的開水，攪拌均勻成糊狀，就可以吃了。

想吃濃稠一點，就多一點麵茶，想要稀一點，就增加水的比例，肚子餓的時候吃一碗，又香又有飽足感。

至於炒花生，也是我們家很常有的點心，對花生情有獨鍾的爸爸炒起花生特別講究，最早曾用沙子炒，後來乾淨的沙子不易取得，只好改成鹽炒花生。

因為鍋子要大，翻炒不能停，一鍋子花生滾動看起來很壯觀，所以我們小朋友也常常會站在旁邊盯著看，尤其是冬天時一面享受暖暖的香氣，一面看著大人帥氣的翻炒，聽著刷刷刷的聲音，像是催眠一般。

炒花生同樣是最怕過火，太焦就不好吃了。熱熱的花生是軟的，要放涼了才會變脆，這也是那時被教會的事。

家裡還有一臺爸爸朋友送的咖啡磨豆機，尾牙吃潤餅的時候，我們用它來把花生磨成粉，再加細砂糖備用。

爸爸還告訴我們，他年幼的時候，早餐時要負責幫大家把花生的膜去除，然後在砧板上用乾淨的空酒瓶來回滾壓，將花生壓成粉，方便大家用豆腐乳沾花生粉配稀飯，還示範了如何又快又一次很多顆的去除花生膜，當時年幼的我眼中滿是崇拜之光。

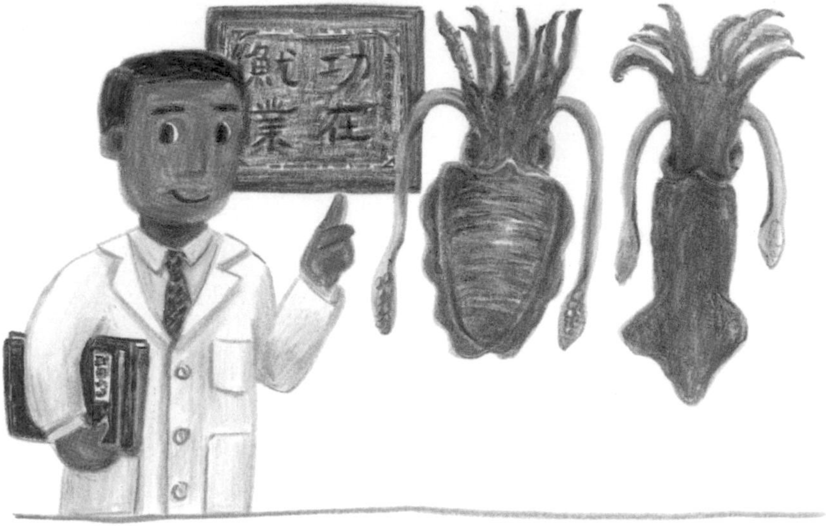

10 晒魷魚 烤魷魚 全家總動員

話說住在臺北市的我們，卻因為爸爸是漁業生物學家，也是當年臺灣少數的頭足類研究者，小時候我們有一個相當特殊的經驗——就是晒魷魚。

因為做研究的關係，父親常常會買很多魷魚，但是研究需要的通常是內臟，取出內臟或是測量魚身各部位之後，魷魚肉就成了無用之物。珍貴的肉品丟掉當然太可惜，除了煮食之外，多的我們就做成魷魚丸，或是在院子裡晒起魷魚來。

曬魷魚前，首先得用微溫的水煮，讓魷魚紅色的外皮溶解，再用較高溫的水把魷魚燙熟，但要小心不能過熱導致肉質變硬。因為溫度的控制非常重要，所以爸爸都會在鍋子裡放一根長長的溫度計隨時注意。

煮熟後，再由媽媽趁熱切成片狀然後調味。

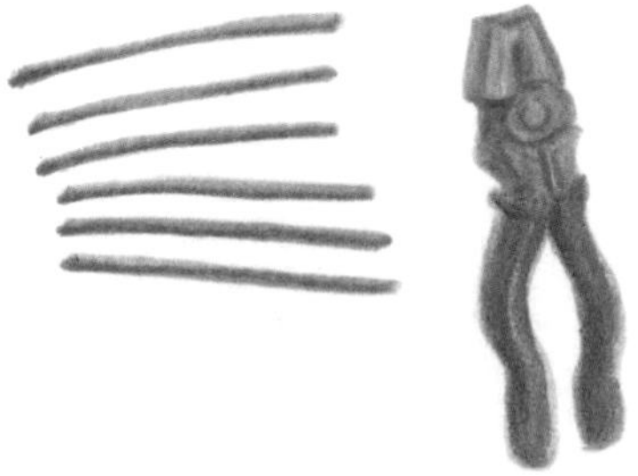

哥哥們會幫忙先將鐵絲剪成一段一段，然後用力拗成S型小勾，再將調味好的魷魚一片一片勾上鐵絲，在院子裡陽光全日都晒得到的

地方拉好繩子，一一把魷魚片掛上去，我們小孩子輪流看守，還有負責檢查是否需要翻面，或是隨陽光移動位置。

交通安全

晒好的魷魚片就冷藏起來，要吃的時候再拿出來烤，在物資有限的年代，簡直人間極品。冬天比較沒有陽光的時候，我們也會在院子裡生火，直接烤魷魚來吃。

軟絲

小卷

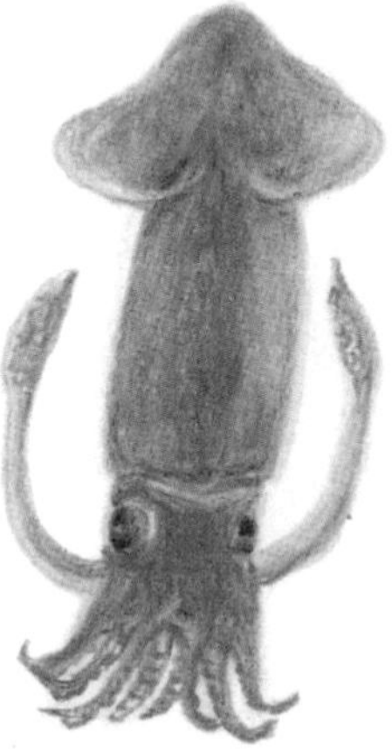

魷魚

記得小時候，爸爸總是非常有耐心的跟我們解說透抽、花枝、軟絲、章魚等等的不同，還有各種魚類的習性、海洋漁場的改變等種種知識，可惜

章魚

透抽

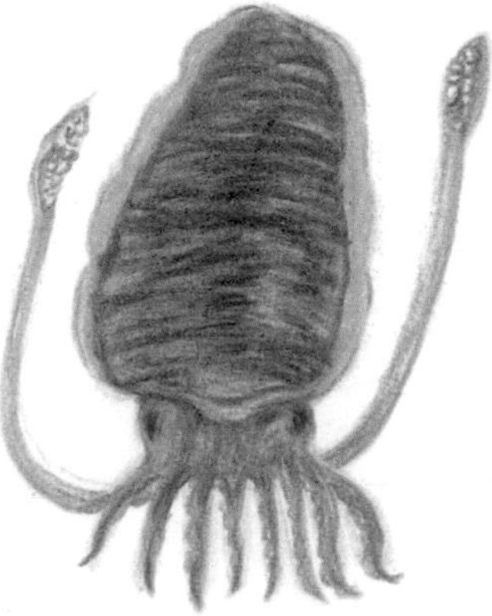

花枝

年幼的我通常只顧著吃，有聽沒有懂或是聽過就忘了，直到長大以後，每每想起都覺得那是好神奇的歲月。

11 久久才有一次的小攤美味

小時候的家是靠近山邊的宿舍區，附近幾乎沒有商店，徒步可達的只有一家雜貨店，和一個小麵攤。小麵攤搭在宿舍圍牆外的大水溝旁，是一個很簡陋只有兩張桌子的違章小攤，賣著陽春麵和高級一點的榨菜肉絲麵，還有一些滷味。雖然簡陋，卻是家附近唯一有賣食物的地方。

每當有親戚來家裡
聊天到很晚時，爸媽就會
派我們去麵攤切兩支鴨頭。
小時候非常不能理解，為何麵攤要
賣滷鴨頭這種根本沒什麼肉的東西？但當
大人聊天喝茶或喝酒時，我們也能在旁邊分到一些

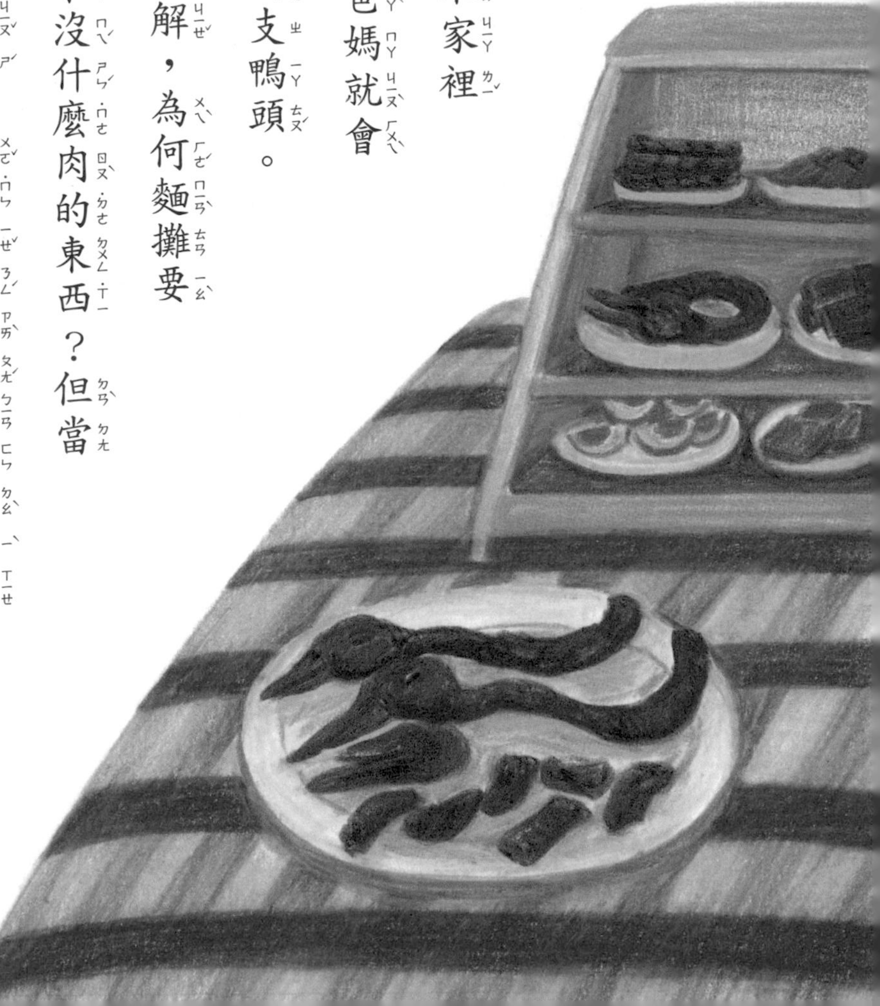

鴨脖子，啃得津津有味，想盡辦法挑出骨縫間的小小肉屑，把每一小塊骨頭吃到極致的乾淨，這應該是屬於那個年代小孩的特殊訓練。

另外一種加菜的機會就要等爸爸有額外收入的時候了，像是研究計畫領了津貼，或是論文得獎之類。這時候爸爸就會騎摩托車載我這個跟屁蟲，去大學附近的夜市，有一個賣炸物的攤子，買炸雞捲和炸油豆腐回來，趁熱全家一起享用。對於平日很少外食的我們來說，簡直就像是過年一般興奮，尤其知道這是爸爸辛苦工作所得，更是充滿幸福的感恩。

有趣的是，十幾年間，
每次都是買這兩樣炸物
回家慶祝。

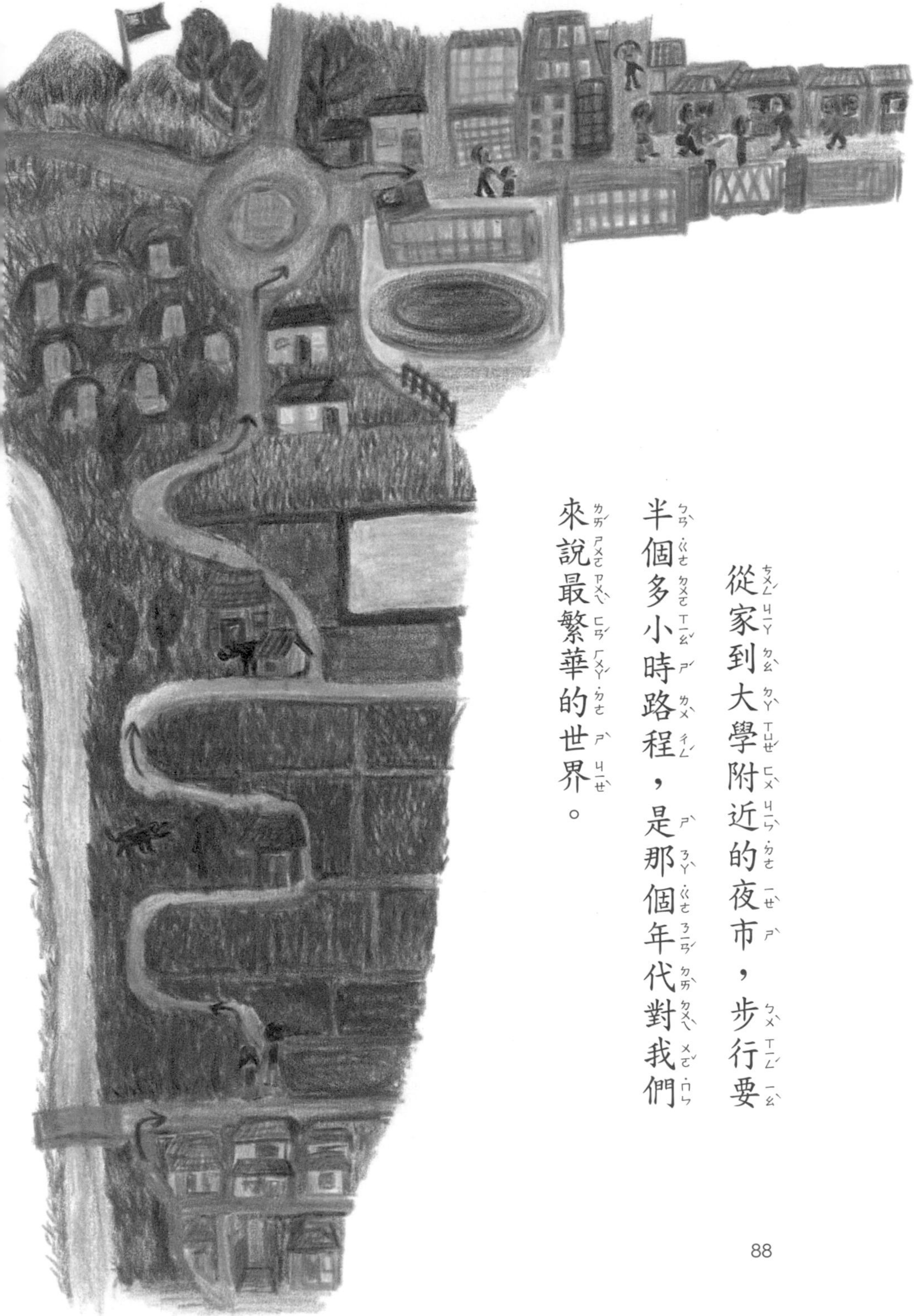

從家到大學附近的夜市，步行要半個多小時路程，是那個年代對我們來說最繁華的世界。

大約在我上小學之後，臺灣開始興起食用秋刀魚的風氣，夜市裡第一次出現烤秋刀魚時，爸爸曾帶我們去大學對面的日本料理小攤，烤一尾秋刀魚，全家五個人一起享用，我們都覺得世界上怎麼會有這麼好吃的烤魚，一尾要八十元，至今還記得。

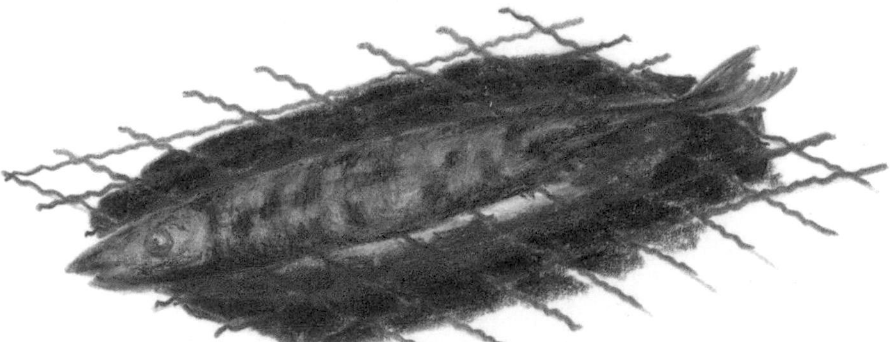

12 以食材取勝的藝術家童媽

我們家媽媽是一個素人藝術家，雖然年幼時家貧，常常感嘆未受到應有的栽培，但她從來都是無師自通的神人，各種手藝精巧，最偏愛木刻，客廳掛滿滿的都是媽媽的作品，也因此媽媽常常不是在忙著為我們做衣服，就是專心於雕刻或其他創作而忘記時間。

往往等到我們肚子餓得嘰哩咕嚕叫，故意在旁邊走來走去，讓她聽到，她才會起身去煮飯。

雖然媽媽對廚藝沒有太大興趣，卻非常堅持小孩的營養很重要，所以料理完全是以食材取勝，每餐一定有足夠的肉類蛋白質，有時還一人一尾肉魚、赤鯮或

金目鰱，規定我們一定要吃完。

對於當時年紀較小、食量不大的我來說，這樣反而是苦差事，只是長大後，每次跟朋友述說這款小時候的苦處，大家都羨慕到不行。

也難怪當時每到月底，家用就一毛錢也不剩了，長大以後常常開玩笑說，家裡的錢全部都是被我們吃光的。

媽媽煮飯還有一個特性，就是肉一盤、菜一盤、蛋或豆腐一盤，總之很少會把食材相混合，小時候從來都以為這樣理所當然。

直到高中時，有一次去同學家吃飯，同學的媽媽端出一盤青菜炒肉絲，我非常震驚的發現蔬菜裡竟然放了肉絲，還提出疑惑，同學媽

媽笑著跟我說，這樣炒的青菜才甜才好吃啊。回家後立刻把這件事告訴了媽媽，但是她很不以為然，堅持那是為了省肉才有的做法。

我是被爸爸媽媽用很好的食物養大的，這點完全不用懷疑。小時候在家裡享用的種種美味，都成了難忘的回憶。

其他寫不完的美味小點心

柳丁汁

豆漿

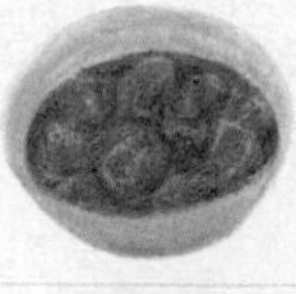

桂圓湯

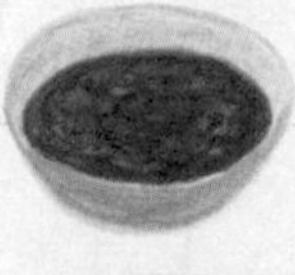

紅豆湯

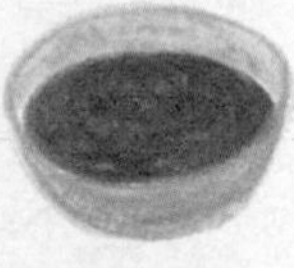

綠豆湯

牛奶優格

仙草

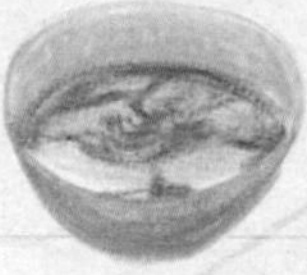

豆花

愛玉

花枝丸

洋菜做的果凍

烤地瓜

童家水餃

童家肉粽

珍貴的童年老照片

枸杞和靈芝草
是小時候餐桌上的
應急野菜

金針花叢在不是花季的時候
就是我們玩躲貓貓的地方

小朋友最愛的點心時間
炎熱的夏天，一碗冰涼的綠豆湯最是消暑

閱讀123